Kai Olaf Arzinger

Die blauen Tulpen

Ihr zweiter Streich

Krimi

FSC
www.fsc.org
MIX
Papier aus ver-
antwortungsvollen
Quellen
Paper from
responsible sources
FSC® C105338

Bibliografische Information der Deutschen Nationalbibliothek:
Die Deutsche Nationalbibliothek verzeichnet diese Publikation in der Deutschen Nationalbibliografie; detaillierte bibliografische Daten sind im Internet über http://dnb.dnb.de abrufbar.

Mein Dank gilt Olaf Gellisch.

Covermotiv: Ekaterine43 / Shutterstock.com Herstellung und Verlag: BoD – Books on Demand, Norderstedt

ISBN: 978-3-7583-2351-5

In Erinnerung an meinen Freund Manfred Wiesenhöfer.

Dieses Buch ist ein Roman, dessen Handlung, Schauplätze und Personen frei erfunden sind. Ähnlichkeiten mit lebenden oder toten Personen sind nicht gewollt und rein zufällig.

Der Autor

Kai Olaf Arzinger wurde 1966 in Hagen geboren. Er ist verheiratet und lebt seit 1990 in der Schweiz. Er veröffentlichte zahlreiche Artikel mit geschichtlichem und numismatischem Inhalt sowie zwei historische Sachbücher. *Wälle, Burgen, Herrensitze* (1990) und *Stollen im Fels und Öl fürs Reich* (1997). *Die blauen Tulpen* sind die Fortsetzung seines erfolgreichen Romans *Der Kandersteg Bluff,* der 2023 erschien.

PROLOG

Nordfrankreich, Mai 1944

Der deutsche Feldwebel grüsste zackig. »Herr Oberst, das Haus ist umstellt.« Oberst von Reda nickte zufrieden. »Gut, Sie wissen, was zu tun ist.« Wenige Minuten später waren Gewehrschüsse zu hören. Dann trat Stille ein. Nur eine Katze war Zeuge, als Oberst von Reda über den Innenhof schritt, in dem jetzt mehrere Tote lagen. Er schenkte ihnen keinerlei Beachtung. Flüchtig begann er, das alte Haus zu durchsuchen. Sein Blick blieb an einem kleinen Bild an der Wand hängen. *Die blauen Tulpen* faszinierten ihn. Er würde das Ölbild mitnehmen und gleich morgen seiner Frau Klara schicken. Das Gemälde sähe bei ihnen daheim bestimmt hübsch aus. Wie hübsch sollte Oberst von Reda allerdings nie erfahren. Er fiel am 7. Juni, einen Tag nach der Landung der Alliierten, in der Normandie.

Eine sanfte Meeresbrise fuhr durch die Pflanzen auf der Terrasse. Wie auch an anderen Tagen sass Olaf im Schatten zweier grosser Palmen und las in der aktuellen Ausgabe der *Aruba Today*. Sein Interesse galt der Anzeige eines renommierten und internationalen Auktionshauses in Zürich, bei dem als besonderes Highlight *Die blauen Tulpen* zur Versteigerung kamen, einem auf 100 Millionen Franken geschätztes Bild, das aus dem Besitz der verstorbenen Baronin von Reda stammte. Das Bild wurde um 1520 gemalt und mass gerade einmal 20 mal 20 Zentimeter. Es stammte von Henrik van Delft, einem holländischen Maler und galt in seiner Farbkombination als einzigartig. Das Schweizer Auktionshaus rechnete mit einem regen Käuferinteresse. Die Versteigerung sollte am 2. Mai in Zürich, in der Schweiz, stattfinden. Also, in gut drei Monaten. Olaf legte die Zeitung beiseite. Er war erstaunt, dass ein so kleines Bild ein riesiges Vermögen wert war! Plötzlich kam ihm wie aus dem Nichts eine Idee.

Dann rechnete er kurz nach, ihnen blieben noch drei Monate Zeit. Das war zwar knapp bemessen, würde aber reichen. Da war er sich ziemlich sicher.

Vor gut zwei Jahren war es ihm und seinen vier Freunden gelungen, die Schweizer Regierung zu erpressen und dabei um eine hübsche Summe Bitcoins zu erleichtern. Warum sollte das nicht auch mit einem Zürcher Auktionshaus möglich sein? Irgendwie reizte ihn der Gedanke an einen weiteren Coup in der Schweiz.

Olaf erhob sich und verliess das Haus. Er schlenderte den von hohen Palmen gesäumten Kiesweg entlang, bis zu dem kleinen Park vor dem alten Rathaus.

Walters Hobby war seit längerem sein Hund Bruno. Jeden Tag ging er stundenlang mit ihm spazieren und brachte ihm dabei allerlei Kunststücke bei. Auch heute würde Walter wieder im Schatten des Denkmals sitzen, mit Bruno zu seinen Füßen. Die beiden Freunde begrüssten sich mit Handschlag, während Bruno zuerst schwanzwedelnd und ziemlich neugierig an Olafs Hosenbeinen herum schnupperte, um dann wieder hinter dem Denkmal zu verschwinden.

»Du, Walter, sag einmal, hast du Bruno bereits das Apportieren von Stöckchen beigebracht?«

Walter sah ihn fragend an, nickte dann aber zustimmend.

»Ja, sicher. Möchtest du dir das vielleicht einmal anschauen?«

Sekunden später flitzte Bruno hinter einem geworfenen Holzstöckchen her, das er dann zurückbrachte.

»Sehr gut. Glaubst du, Bruno könnte genauso gut auch einen Gegenstand von einer zu einer anderen Person transportieren?« fragte ihn Olaf.

Walter dachte kurz nach und nickte.

»Ja, sehr wahrscheinlich schon. Aber ich habe das bisher noch nicht ausprobiert. Warum fragst du mich das?«

»Tu mir bitte den Gefallen und rufe für heute Abend sieben Uhr alle zusammen. Ich habe eine Idee.«

In Gedanken hatte sein Plan bereits Form angenommen. Gutgelaunt verliess Olaf den Platz. Ja, es würde funktionieren.

Sie kannten sich bereits seit zehn Jahren. Alle hatten bei derselben Schweizer Grossbank gearbeitet, bis zu jenem verhängnisvollen Tag, an dem beschlossen wurde, ihr gesamtes Team innerhalb von wenigen Monaten aufzulösen.

Mit ihrem ersten Streich, dem *Kandersteg Bluff*, war es ihnen vor zwei Jahren gelungen, die Schweizer Regierung zu erpressen und um ein hübsches Sümmchen zu erleichtern. Seitdem lebten sie auf Aruba.

Am frühen Abend, die Sonne würde schon bald im Meer versinken, sassen sie gemeinsam auf Olafs Terrasse; Walter, Edi und Willy mit Karla, die mittlerweile ein Paar waren und in wenigen Monaten ihr erstes Kind erwarteten.

Olaf bedauerte, dass die beiden nicht an seinem neuen Coup in der Schweiz teilnehmen konnten. Aber auch ihnen hatte er eine wichtige Rolle zugedacht. Speziell für Klara, seiner ehemaligen Research-Spezialistin. Sie alle würden, ohne lange zu zögern, mitmachen, davon war er fest überzeugt. Und Bruno würde bei dem neuen Coup die Hauptrolle übernehmen. Olaf kam ohne Umschweife zur Sache. Zwei Stunden später willigten sie in seinen Plan ein. Alle waren begeistert. Nun konnte es losgehen!

Auch am darauf folgenden Morgen trafen sich Olaf und Walter am Denkmal. Bruno lag brav zu dessen Füßen und harrte der Dinge, die da kommen würden.

»Also«, begann Olaf, »wie machen wir das jetzt? Wie trainieren wir Bruno am besten?«

Walter antwortete ihm, ohne eine Sekunde zu zögern.

»Learning by doing. Bruno ist auf mich, seinem Herrchen, fixiert. Er kann mich mit seinem ausserordentlichen Geruchssinn jederzeit und überall aufspüren. Das heisst, wir müssen ihn so abrichten, dass er mir auf Befehl etwas übergibt. Das Objekt darf natürlich nicht zu gross oder zu schwer für ihn sein. Allerdings gibt es dabei ein Problem. Bruno darf auf keinen Fall abgelenkt werden. Weder durch eine läufige Hündin, noch durch eine streunende Katze. Er muss voll bei der Sache sein, nicht dass er den transportierten Gegenstand irgendwo hinlegt und uns dann davonrennt. Probieren wir es einfach einmal aus.«

Olaf nickte zustimmend und wie zur Bestätigung wedelte Bruno begeistert mit seinem Schwanz.

Olaf hatte zuvor in seiner Garage einen passenden Holzrahmen angefertigt. Mit ihm sollte Bruno von nun an üben. Und es kam so, wie es Walter vorausgesagt hatte. Wenn Bruno konzentriert bei der Sache war, wechselte der Gegenstand innerhalb kürzester Zeit seinen Besitzer. Anderenfalls kam der Gegenstand gar nicht erst am Ziel an. So hatten sie zum Beispiel Stunden mit der Suche nach Bruno verbracht, nur weil dieser in einem Zuckerrohrfeld eine Schar Vögel aufstöberte oder Katzen durch die staubigen Strassen des kleinen Ortes jagte.

Trotz derartiger Rückschläge ging ihr tägliches Training mit Bruno weiter. Olaf übergab dem Hund jeweils den Rahmen mit dem Befehl: »Bring ihn!«

Und schon rannte Bruno auf und davon, während Walter geduldig an den unterschiedlichsten Orten im Dorf auf ihn wartete. Nach und nach entwickelte Bruno einen Riesenspass an der Sache und legte einen grossen Eifer an den Tag. Nichts schien ihn dabei stoppen zu können. Olafs und Walters Freude waren riesig. Wenig später sollte ihre unbändige Freude allerdings einen unerwarteten Dämpfer erhalten. Edi hatte sich an diesem Tag zu ihnen gesellt und sah sich Brunos Fortschritte an.

»Mmh, das sieht tatsächlich ziemlich vielversprechend aus!«, meinte Edi, als er Bruno herumflitzen sah. »Aber habt ihr zwischenzeitlich auch abgeklärt, ob Bruno überhaupt nach Europa fliegen darf und welche Papiere er dafür benötigt?«

Olaf schluckte und verdrehte die Augen. Wie in aller Welt hatte er das bloss vergessen können? Da die Zeit drängte, musste er sich schnellsten um Brunos Papiere kümmern. Er stand auf und wollte gerade gehen, als Walter ihn zurückhielt.

»Halt, bleib doch bitte sitzen. Was glaubt ihr denn? Unser Bruno ist kein gewöhnlicher und dahergelaufener Strassenköter. Selbstverständlich verfügt er über die benötigten Papiere und Impfungen. Ausserdem dürfen wir ihn aufgrund seiner Körpergrösse in die Flugzeugkabine mitnehmen. Das wird ihm bestimmt besser gefallen, als den langen Flug allein im Frachtraum zu verbringen. Glaubt mir, es ist alles bestens! Bruno ist so fit wie ein Turnschuh und bereit für den Tag X.«

Wie auf Stichwort kam Bruno angerannt. Walter bückte sich und kraulte ihn liebevoll hinter den Ohren, an einer Stelle, an der es Bruno besonders gern mochte. Bruno war begeistert. Zum Dank dafür legte er ihm eine tote Ratte vor die Füsse. Für einen kurzen Moment schien Walter irritiert.

»Ja, sag einmal, was hast du denn mit dem Holzrahmen gemacht?«

Die nächsten zwei Wochen verliefen im selben Rhythmus, wobei sich mancher Dorfbewohner fragte, warum Bruno bei dieser Hitze durch die Gegend rannte, ganz im Gegensatz zu seinen Artgenossen, die unter den Autos oder im Schatten der Bäume friedlich vor sich hin dösten.

Olaf blickte nochmals auf sein Notizblatt. Einen Monat lang würden sie sich in der Schweiz aufhalten. Er buchte ihre Flugtickets und ein Viersterne-Hotel in der Zürcher Altstadt, eines, in dem auch Haustiere erlaubt waren.

Ihr Flug ging über Amsterdam und nach einem einstündigen Aufenthalt in Schiphol weiter nach Zürich. Bruno schlief die meiste Zeit in seiner Transportbox.

Olaf hatte während des Fluges die Zeit genutzt, um über ihren neuen Coup nachzudenken. Im Gegensatz zum vorherigen *Kandersteg Bluff,* würde es diesmal keine spektakulären Aktionen geben. Ihr Coup würde gut geplant und in aller Ruhe über die Bühne gehen. Olaf glaubte, an alles gedacht und ihr Risiko auf ein Minimum beschränkt zu haben. Dennoch gab es in seinem Plan eine Menge Wenn und Aber, auf die er keinen Einfluss hatte und die ihm deshalb ernsthafte Kopfschmerzen bereiteten. Eine kleine Unachtsamkeit und sie würden unweigerlich die nächsten Jahre in einem Schweizer Gefängnis verbringen. Olaf seufzte, denn der Gedanke daran behagte ihm überhaupt nicht.

Im Polizei- und Justizzentrum Zürich

Es klopfte. Ein uniformierter Polizist betrat das kleine Büro. Er hielt eine ausgedruckte Liste in seiner rechten Hand.

»Hauptmann Hurni, ich denke, das sollten Sie sich einmal ansehen. Es handelt sich um unsere tägliche Liste mit den Namen der Personen, die heute mit dem Flugzeug in die Schweiz eingereist sind. Es tauchen drei Namen auf, für die vor zwei Jahren ein spezieller Sicherheitsvermerk von uns hinterlegt wurde. Aber schauen Sie bitte selbst.«

»Geben Sie einmal her.« Hurni legte das interne Rundschreiben, das er gerade gelesen hatte, zur Seite und nahm den Ausdruck entgegen. Als er die drei unterstrichenen Namen las, wurde er aschfahl.

Ihr Anschlussflug nach Zürich verlief ruhig und wie Olaf erwartet hatte, hielten sich die Schweizer Behörden an das, was sie vor zwei Jahren im *Kandersteg Fall* zugestanden hatten. Niemand schenkte ihrer Einreise spezielle Aufmerksamkeit. Ohne Probleme hatten alle drei die Passkontrolle im Flughafen Kloten passieren können.

Zehn Minuten später, und unter den bösen Blicken der Wartenden, machte Bruno einen grossen Haufen an der Gepäckausgabe. Nachdem Willy verärgert Brunos

Hinterlassenschaften aufgesammelt hatte, machten sie sich mit ihrem Gepäck auf den Weg nach draussen, um dort eines der wartenden Taxis zu nehmen. Nach einer rund zwanzigminütigen Autofahrt hatten sie ihr Hotel in der Zürcher Altstadt erreicht.

Mit einem freundlichen »Grüezi« wurden sie an der Hotelrezeption empfangen. Eine junge Frau übergab ihnen ihre Zimmerschlüssel, während Bruno ein Leckerli von ihr erhielt, das er sofort gierig verschlang. Ihre gebuchten Zimmer waren klein, aber gemütlich eingerichtet, mit Blick auf den Zürichsee und die sich im Hintergrund abzeichnenden Alpen.

An diesem Abend sollten sie von dem pulsierenden Nachtleben und der lauten Musik in den engen Gassen der Altstadt nichts mitbekommen. Schon nach wenigen Minuten waren sie alle eingeschlafen. Am darauffolgenden Morgen fand Walter die traurigen Reste seiner Hotelschlappen, die Bruno in der Nacht zerbissen hatte.

Tags darauf erkundeten sie gemeinsam die nähere Umgebung. Zu Fuss machten sie sich von ihrem Hotel aus auf den Weg zur Auktionsausstellung. Ihr Spaziergang führte entlang der Limmat. Bruno zog dabei heftig an seiner Leine. Von fremden Düften angetan stoppte er immer wieder und schnüffelte neugierig an unzähligen Bäumen und Sträuchern herum. Nach einem zwanzigminütigen Fussmarsch erreichten die vier die Auktionshalle. Diese befand sich in einer ehemaligen, denkmalgeschützten Spinnerei.

Vorsichtig umrundeten sie das rote Backsteingebäude und sahen sich dabei genau um. In der unmittelbaren Nähe der Ausstellungshalle konnten sie keine Überwachungskameras entdecken. Der Zutritt zur Ausstellung erfolgte durch eine gläserne und automatische Schiebetür. Olaf stellte zu seiner Beruhigung fest, dass die Sensoren der Tür so niedrig eingebaut waren, dass selbst Bruno sie mit seiner Schulterhöhe auslösen konnte. So weit sah alles gut aus für den Tag X. Es blieb allerdings zu hoffen, dass Bruno in Form war und nicht vergessen hatte, was man ihm in den letzten Wochen beigebracht hatte. Zufrieden machten sich alle vier auf den Heimweg.

Die öffentliche Vorbesichtigung der Bilder fand wenige Tage später statt. Olaf hatte bis dahin alles minutiös planen können. Nun gab er seinem Team die letzten Anweisungen.

»Willy, du machst dich jetzt auf den Weg und wartest ausser Sichtweite auf Bruno.« Dann wandte er sich an Edi.

»Und du Edi, stellst dich vor die Eingangstüre und achtest darauf, dass der Zutritt zur Ausstellung jederzeit möglich ist. Sobald ich euch das verabredete Zeichen gebe, geht es los. Ein kurzer Uhrenvergleich. Es ist jetzt zwölf Uhr fünfundvierzig. Um Punkt dreizehn Uhr schlagen wir zu. Gibt es noch irgendwelche Fragen? Nein? Dann geht es los!«

Vor dem Eingang trennten sich ihre Wege. Jeder nahm seine zugewiesene Position ein. Als Olaf den Ausstellungssaal betrat und den dicken, reich bebilderten Verkaufskatalog in Empfang nahm, waren bereits über ein Dutzend anderer Kunstfreunde anwesend. Alle betrachteten aufmerksam die Bilder ihrer Begierde. Geduldig beantwortete der Auktionator noch die eine oder andere Frage. Ansonsten herrschte Stille. Kellnerinnen in schwarzen Röcken und weissen Blusen trugen Tabletts im Raum umher und boten jedem Gast ein Getränk an. Olaf entschied sich für ein Glas Champagner. Er nippte nur kurz an seinem Glas, dann sah er sich um. Rund fünfzig Bilder aus der kommenden Auktion waren ausgestellt. *Die blauen Tulpen* standen separat, etwas abseits von den übrigen Gemälden. Er blieb vor dem kleinen Bild stehen und betrachtete es ehrfurchtsvoll.

Ganz plötzlich und wie aus heiterem Himmel, griff sich Olaf an seine Brust, röchelte kurz und stürzte zu Boden. Im Fallen versuchte er, sich an etwas zu klammern. Dabei riss er *Die blauen Tulpen* mit sich zu Boden.

Wie aus dem Nichts tauchte plötzlich ein Hund auf, nahm das Bild ins Maul und rannte mit erhobenem Schwanz aus dem Saal. Der Hund hatte bereits das Gebäude verlassen, als man den am Boden liegenden Olaf bemerkte. Besorgte Blicke waren auf ihn gerichtet, bevor der Auktionator herbeieilte und ihm helfend eine Hand reichte.

»Mein Gott, was ist denn mit Ihnen passiert? Geht es Ihnen nicht gut? Möchten Sie vielleicht, dass ich Ihnen einen Arzt rufe?«

Olaf erhob sich schwerfällig und schüttelte den Kopf.

»Nein, danke, das ist nicht nötig. Mir geht es schon wieder besser!«

Dann sah der Auktionator die leere Wand. »Alarm!«, rief er laut. »Alarm, wir wurden soeben bestohlen. Security, verschliessen Sie sofort alle Türen. Und verständigen Sie die Polizei. Niemand darf bis zu ihrem Eintreffen den Saal verlassen.«

Das Sicherheitspersonal reagierte sofort und verriegelte den Ausstellungssaal. Bereits nach fünf Minuten war die Zürcher Polizei vor Ort. Unter den zahlreichen Beamten befand sich auch Hauptmann Hurni. Er liess sich vom Auktionator schildern, was vor wenigen Minuten passiert war. Dann fiel sein Blick auf Olaf.

»Ah, was für eine Überraschung! So sieht man sich also wieder! Ich hörte, Sie hatten gerade einen kleinen Schwächeanfall?«, fragte er ihn mit einem leicht ironischen Unterton.

»Guten Tag, Herr Hurni. Es freut mich auch, Sie wiederzusehen! Ja, das stimmt, mir wurde es plötzlich etwas flau. Das lag wohl an dem Champagner«, antwortete Olaf mit einem Lächeln. Hurni wandte seinen Blick von ihm ab und sah sich im Saal um. Während die Spurensicherung vom Tatort Fotos machte, protokollierten Polizisten die Aussagen der anwesenden Besucher. Hurni sah Olaf scharf an.

»Wenn Sie an diesem Diebstahl beteiligt sind und das Bild gestohlen haben, dann werde ich Sie verhaften! Das schwöre ich Ihnen. Noch einmal werden Sie mir nicht davonkommen«, drohte er Olaf.

»Was denken Sie von mir, Herr Hurni? Ich habe mir lediglich die schönen Bilder angeschaut. Gestohlen habe ich davon aber keines. Bitte überzeugen Sie sich doch selbst«, antwortete ihm Olaf schmunzelnd, wobei er seine leeren Hosentaschen zeigte. Verärgert winkte Hurni ab, dann gab er den anwesenden Männern weitere Befehle.

»Wenn wir von allen Besuchern hier im Raum die Personalien aufgenommen haben, können sie gehen. Zeigen Sie mir bitte noch Ihre Videoüberwachung«, meinte er dann zu dem Auktionator. Holler zeigte auf einen kleinen Durchgang.

»Bitte, es geht hier entlang.« Als Hurni sich zum Gehen abwandte, sah man den Auktionator Holler kurz lächeln und hörte ihn leise vor sich hin murmeln.

»Ausgezeichnet! Glück muss man haben.«

In dem kleinen Nebenraum sah sich Hurni immer und immer wieder die Aufzeichnung der Videokameras an. Ein Mann, in ihm erkannte er Olaf, stand vor den *blauen Tulpen* und betrachtete das Bild. Plötzlich griff er sich an die Brust und strauchelte. Mit seiner rechten Hand versuchte er, sich noch abzustützen, aber es gelang ihm nicht. Er sackte gemeinsam mit dem Bild zu Boden. Dann tauchte wie aus dem Nichts ein schwarzer Schatten auf. Hurni hatte bereits mehrmals das Band vor und zurückgespult und es sich dabei auch in den unterschiedlichsten Vergrösserungen angeschaut. Danach war er sich ziemlich sicher. Bei dem schwarzen Schatten musste es sich um einen Hund handeln, der mit einem Gegenstand in seinem Maul aus der Auktionshalle verschwand.

Hurni fluchte leise: »Wo in drei Teufels Namen steckt bloss dieser Köter?«

Wenige Minuten zuvor hatte ein Mann mit einem Hund an der Leine nach einem freien Taxi gewunken.

»Bitte, zuerst zur Tierpension *The Dogs Palace* in Spreitenbach«, sagte er zu dem Fahrer, als er einstieg.

»Danach fahren Sie mich bitte wieder zurück nach Zürich, und zwar zur Privatbank van de Cleff, am Limmatquai.«

Der Mann setzte sich entspannt auf den Rücksitz, während sein Hund hechelte und neugierig aus dem Fenster schaute.

Die Fahrt kostete zwanzig Franken extra, da Bruno die Seitenscheibe vollgesabbert hatte.

Tags darauf war der Diebstahl *der blauen Tulpen* das Thema in der internationalen und regionalen Presse. Seriöse Blätter berichteten über einen spektakulären Millionenraub, während die Boulevardpresse die wildesten Spekulationen über mögliche Täter anstellte und vor sich hin fantasierte.

Hurni hingegen war verzweifelt. Er sass mit einer Kopie des Videomaterials alleine in seinem Büro. Ihm war klar, dass er mit dem vorhandenen Material für niemanden eine Untersuchungshaft beantragen konnte. Er hatte zwar jede Menge Indizien, aber keinerlei handfesten Beweise. Kein Staatsanwalt würde seinen Haftantrag folgen und gutheissen. Dennoch lag für Hurni der unmittelbare Verdacht nahe, dass Olafs Schwächeanfall etwas mit dem Diebstahl zu tun hatte. Nur was? Und wie kam dabei der Hund ins Spiel?

Hurni kratzte sich am Kinn und grübelte weiter. Schritt für Schritt ging er nochmals in Gedanken den Diebstahl durch. Je länger er darüber nachdachte, desto überzeugter war er, dass Olaf einen Schwächeanfall vorgetäuscht hatte. Schlagartig war ihm klar, dass das ein Signal für den Hund gewesen war. Dieser kam herbeigerannt, nahm das Bild an sich und übergab es danach jemandem anderen in unmittelbarer Nähe der Ausstellungshalle. Nur so konnte es gewesen sein! Somit hatten sie es mit mindestens zwei Tätern zu tun. Zählte man den Hund hinzu, waren es eigentlich drei. Hurni raufte sich die Haare. Ein Millionendiebstahl, begangen von einem Hund! Man konnte einen Hund aber nicht für das Entwenden fremden Eigentums verantwortlich machen und ihn vor Gericht stellen. Das war äusserst clever gemacht, so etwas hatte es zuvor noch nie gegeben. Damit hatten die Täter die Justiz ausgetrickst. Aber ihr Diebstahl hatte einen entscheidenden Haken; *Die blauen Tulpen* konnten nirgendwo verkauft werden. Also mussten die Diebe irgendetwas anderes geplant haben. Nur was? Hurni unterbrach seine Gedanken, sein Magen knurrte mittlerweile bedrohlich. Er schaute auf die Uhr. Es war Zeit für seinen Mittag.

Am nächsten Morgen sassen sie gemeinsam im Frühstücksraum ihres Hotels. Olaf war gerade dabei, sein zweites Ei zu köpfen.

»Ich bin mir ziemlich sicher, dass uns Hauptmann Hurni überwachen lässt. Er hält uns für die Täter. Wir müssen aufpassen, dass er nicht mitbekommt, was wir künftig besprechen. Vielleicht sind sogar unsere Hotelzimmer verwanzt worden«, flüsterte er mit unterdrückter Stimme. Die beiden anderen nickten zustimmend. Ihnen war klar, wie sie sich in den folgenden Tagen zu verhalten hatten. Tatsächlich hatte Hurni eine Stunde zuvor den Auftrag erteilt, sie rund um die Uhr zu überwachen. Ihre Hotelzimmer hingegen waren unverwanzt.

In den nächsten Tagen blieben sowohl die Beschattung als auch die polizeilichen Ermittlungsarbeiten ohne Erfolg. Hurni hatte inständig gehofft, dass Überwachungskameras in der unmittelbaren Nähe des Auktionssaals Bilder der Täter liefern konnten. Aber es gab im gesamten Quartier keine einzige aktive Kamera. Entsprechend negativ verlief auch die Auswertung der stationären Radaranlagen. Es fand sich kein verwertbarer Hinweis. Seine Hoffnung auf einen raschen Erfolg hatte sich damit zerschlagen. Hurnis Nachforschungen verliefen im Sand. Allmählich wurde ihm bewusst, dass die drei ihn offenbar vom ersten Tag an genarrt hatten. Seine Leute waren in ganz Zürich verstreut gewesen, ohne dabei etwas anderes zu sehen, als eine touristische Sehenswürdigkeit nach der anderen. Zudem gingen die drei am Tag getrennte Wege. Erst am späten Abend, sassen sie gemeinsam im *Hunters Inn,* einem gut besuchten Pub im Zürcher Niederdorf. Doch auch hier schienen sie auf Nummer sicher zu gehen, denn obwohl die Lautstärke in der Kneipe bereits so hoch war, dass man sein eigenes Wort nicht verstehen konnte, schob Edi, mit seinem massigen Körper, jeden Fremden zur Seite, der es auch nur wagte, in ihre Nähe zu kommen.

Hurni musste sich schnell eingestehen, dass ihn die angeordnete Beschattung nicht zum gewünschten Ziel führte. Im Gegenteil, sie blockierte eine Vielzahl seiner Mitarbeiter, die er dringend für andere polizeiliche Aufgaben benötigte. Er hatte überhaupt nichts in der Hand. Der mysteriöse Hund und *Die blauen Tulp*en blieben spurlos verschwunden.

In seiner Hundepension bekam Bruno von all dem nichts mit. Er verbrachte eine sorglose Zeit mit Schlafen, Fressen und den täglichen Spaziergängen mit einer reinrassigen Pudeldame.

Olafs Handy läutete ein paarmal. Auf dem Display erschien eine Nummer mit der Vorwahl von Aruba. Er nahm den Anruf entgegen. Am anderen Ende meldete sich eine gutgelaunte Klara.

»Hallo, wie geht es euch? Läuft alles nach Plan?«, fragte sie ihn. Olaf informierte sie kurz über den aktuellen Stand der Dinge.

»Das hört sich gut. Ich habe auch noch etwas Interessantes über *Die blauen Tulpen* herausgefunden. Das Bild muss 1944 nach Deutschland gekommen sein. Seitdem war es im Besitz einer Baronin von Reda. Ihr Mann war Oberst in der Wehrmacht. Er ist Mitte 1944 in Nordfrankreich gefallen. Oberst von Redas Einheit war an sogenannten Straf- und Sühnemassnahmen gegen Resistancekämpfer und französische Saboteure beteiligt. Gut möglich, dass er bei einem solchen Einsatz das Gemälde an sich genommen hat. Das Bild blieb bis nach Kriegsende im Besitz seiner Witwe. Wenig später wurden nicht nur *Die blauen Tulpen,* sondern die komplette Kunstsammlung der von Redas in die Schweiz, genauer gesagt, an die Galerie Holler verkauft. Mit dem damit erzielten Verkaufspreis war die Baronin finanziell bis an ihr Lebensende abgesichert. Sie wurde übrigens 95 Jahre alt.«

Olaf dachte einen Moment nach. »Also reden wir bei *den blauen Tulpen* von Raubkunst?«

»Ja und Nein. Ich denke, es handelt sich da eher um eine Grauzone«, antwortete ihm Klara. »Man weiss nicht, wer der oder die eigentlichen Vorbesitzer waren. Die Bezeichnung »Beutekunst« wäre vermutlich viel treffender. Fest steht nur, dass sich das Bild zuletzt im Besitz der Familie von Reda befand. Auf welche Art und Weise sie seinerzeit das Gemälde erworben haben, lässt sich zum heutigen Zeitpunkt nicht mehr feststellen. Kurz gesagt, obwohl die eigentliche Herkunft des Bildes im Dunkeln liegt, wird das keinen Auktionator oder Sammler von einem Kauf oder einem Weiterverkauf abschrecken. Der Kunstmarkt ist ein Kosmos für sich, gegen den der Dschungel noch das reinste Paradies ist. Moralische oder ethische Bedenken spielen bei so einem aussergewöhnlichen Kunstobjekt keinerlei Rolle. Es geht letztendlich nur um den Preis, den das Bild in einer Auktion erzielen kann. Natürlich machen seriöse Händler Nachforschungen oder einen Abgleich mit dem Art Loss Register, aber in diesem Fall müssen sie das nicht einmal tun. Da *Die blauen Tulpen* bereits vor achtzig Jahren ihren Besitzer gewechselt haben, reicht die simple Herkunftsbezeichnung: aus dem privaten Besitz einer deutschen Adelsfamilie vollkommen. Damit hat das Bild eine offizielle Herkunft und weitere Nachforschungen erübrigen sich. Und Olaf, ich habe noch etwas Wichtiges herausgefunden. Der Galerist Holler ist vollkommen pleite. Die nächste Auktion ist seine einzige und letzte Chance, um an das dringend benötigte Geld zu gelangen. Man sagt, er würde alles dafür tun, nur damit er seine Galerie und sein Auktionshaus behalten kann. Seid bitte äussert vorsichtig, denn dem Holler kann man nicht trauen!«

Olaf musste Klara kurz unterbrechen.

»Nicht trauen? Was meinst du damit?«, fragte er.

»Ich habe mich einmal in Kunstkreisen umgehört. Ich zitiere einen seiner Berufskollegen, der verständlicherweise ungenannt bleiben möchte: Holler gilt als vollkommen skrupellos und ihm sei vieles zuzutrauen. Euer Mann scheint mit allen Wassern gewaschen zu sein. Ich denke, ihr solltet wissen, mit wem ihr es zu tun bekommt. Und Olaf, da wäre noch etwas Wichtiges; Willy und ich werden in vierzehn Tagen ein Töchterchen bekommen. Ich wünsche mir, dass ihr alle drei dann gesund und munter zurück seid. Also, viel Glück und streichelt mir, Bruno!« Dann legte sie auf und beendete damit das Telefongespräch.

Olaf setze sich auf eine Bank und blickte über den Zürich See. In der Ferne waren die schneebedeckten Spitzen der Alpen zu erkennen. Er rief sich in Erinnerung, was ihm Karla noch vor wenigen Minuten über *Die blauen Tulpen* erzählt hatte. Das Bild war nichts anderes als eine Handelsware, die versprach, mindestens 110 Millionen Franken wert zu sein. Ob dabei sprichwörtlich noch Blut an seinem Rahmen klebte, schien niemanden zu interessieren. Er stand auf und ging in sein Hotel zurück.

»Herr Direktor, wir haben heute Morgen eine merkwürdige E-Mail erhalten«, meinte die junge Sekretärin, als sie das Büro des Galeristen und Auktionators Holler betrat.

»Hier bitte, lesen Sie selbst.«

Der Auktionator setzte seine Designerbrille auf und nahm seiner Sekretärin das ausgedruckte E-Mail aus der Hand:

WIR KÖNNEN IHNEN IHR GESTOHLENES BILD, DIE BLAUEN TULPEN, WIEDERBESCHAFFEN. GEGEN ZEHN PROZENT SEINES AKTUELLEN VERSICHERUNGSWERTES WERDEN WIR ES IHNEN UNBESCHADET ZURÜCKGEBEN. BEI INTERESSE ANTWORTEN SIE BITTE AN BLAUETULPEN@PN. WIR WERDEN UNS DANACH MIT IHNEN IN VERBINDUNG SETZEN UND DAS WEITERE VORGEHEN BESPRECHEN.

Der Auktionator verzog sein Gesicht, die Dinge entwickelten sich nicht so, wie er es eigentlich erhofft hatte. Aber die erhaltene E–Mail-Nachricht konnte er nicht ignorieren und einfach verschweigen. Wenn das später herauskommen sollte, würde ihm seine Versicherung die Hölle heiss machen. Widerwillig griff er zum Telefonhörer und rief in seiner Versicherungsagentur an. Rasch wurde er mit dem für ihn zuständigen Sachbearbeiter, Herrn Huber, verbunden.

»Einen schönen guten Morgen, Herr Holler. Schrecklich, dass man Ihnen das Bild gestohlen hat. Ein wahrer Verlust. Aber seien Sie unbesorgt, wir werden uns darum kümmern. Es spricht überhaupt nichts gegen Ihre Entschädigung. Doch aufgrund der hohen Versicherungssumme, von immerhin 100 Millionen Franken, hat unsere Direktion das letzte Wort.«

Holler schmunzelte, das hörte sich für ihn gut an. Vielleicht lief ja doch alles zu seinen Gunsten.

»Vielen Dank Herr Weber, erfreulich, das zu erfahren, aber ich rufe Sie aus einem ganz anderen Grund an.«

Dann erzählte ihm Holler von der Mail, die sein Auktionshaus am frühen Morgen erhalten hatte. Weber unterbrach ihn nicht, sondern hörte aufmerksam zu, bevor er ihm antwortete.

»Ja, tatsächlich passiert so etwas viel öfter, als man eigentlich meinen würde. Gestohlene Gemälde, wie *Die blauen Tulpen,* können nicht mehr im offiziellen Kunsthandel verkauft werden. Es ist schwierig, für ein derartiges Objekt einen passenden Abnehmer zu finden. Das geht nur unter Ausschluss der Öffentlichkeit und unter der Hand, an exzentrische und vermögende Sammler, die das Bild in ihrem Safe auf immer und ewig verschwinden lassen. Deshalb bietet uns die organisierte Kriminalität auch immer wieder gestohlene Objekte zum Rückkauf an. Letztendlich verdienen wir nämlich alle an so einem Deal. Die Versicherung spart dabei eine Menge Geld, die Täter erhalten ihren geforderten Betrag und der Besitzer ist schlussendlich froh, sein geliebtes Kunstobjekt zurückzubekommen. Eine klare Win-win-Situation würde ich meinen. Im Regelfall gehen wir als Versicherungsgesellschaft auf einen solchen Deal ein. Doch vorab wäre allerdings noch zu klären, ob das Ihnen unterbreitete Angebot tatsächlich seriös ist oder ob es sich nur um einen möglichen Trittbrettfahrer handelt, der von unserer Versicherungsgesellschaft ein paar Franken herausschlagen will. Schicken Sie mir bitte alle E-Mails und sonstige Post, die Sie von nun an von den Erpressern erhalten werden. Ich setze mich umgehend mit der hiesigen Polizei, genauer gesagt, mit Hauptmann Hurni, in Verbindung. Polizei und Versicherung werden dann gemeinsam das weitere Vorgehen koordinieren. Wir melden uns bei Ihnen, sobald das Bild wieder auftaucht. In der Zwischenzeit ist es allerdings sehr wichtig, dass Sie nichts auf eigene Faust unternehmen!«, fügte Weber als Letztes noch hinzu, bevor er sich dann von Holler verabschiedete. Nach dem Gespräch war sich Holler auf einmal gar nicht mehr so sicher, ob noch alles zu seinen Gunsten lief.

Am folgenden Tag begleitete ein uniformierter Polizist Weber zu Hauptmann Hurni. Dieser hatte ihn bereits erwartet. Nach einem kurzen Händeschütteln nahmen sie gemeinsam an einem kleinen runden Tischchen Platz.

»Worum geht es, Herr Weber? Was kann ich für Sie tun?«

Weber nahm einen Ausdruck aus seiner Jackentasche und überreichte ihn Hurni.

»Es geht um dieses Schreiben hier, Herr Hauptmann. Diese E-Mail ist gestern im Sekretariat des Auktionshauses Holler eingegangen. Und eh Sie mich fragen, ja, sowohl der betroffene Auktionator als auch wir von der Versicherung wollen uns auf den angebotenen Deal einlassen «

Hurni runzelte die Stirn und blickte Weber erstaunt an.

»Wollen Sie etwa mit Dieben und Erpressern Geschäfte machen?«, fragte er. Doch Weber zuckte nur kurz mit seinen Schultern.

»Sie wissen doch, wie das gehandhabt wird. Für uns als Versicherer ist es nebensächlich, wer am Ende die Wiederbeschaffungsprämie erhält. Hauptsache, das gestohlene Gemälde taucht wieder auf. Ich glaube, es ist unnötig zu erwähnen, dass unsere Gesellschaft dabei auch eine Menge Geld spart!«

Hurni schloss für einen kurzen Moment seine Augen, bevor er Weber fragte.

»Wem gehört eigentlich das Bild und warum hat der Besitzer keine Anzeige bei der Polizei erstattet?«

»Ah, das wissen Sie nicht? *Die blauen Tulpen* gehören dem Auktionshaus Holler. Der mittlerweile verstorbene Holler Senior hat nach dem Krieg die komplette Bildersammlung der deutschen Baronin von Reda gekauft. Danach hingen ihre Gemälde über Jahrzehnte in Hollers Villa am Zürichsee. Nach dem Tod seines Vaters hat dann Holler Junior die Sammlung nach und nach veräussert. Das letzte Bild, das nun auf den Markt kommt, sind *Die blauen Tulpen*.«

Hurni antwortete ihm. »Ich verstehe. Der Auktionator ist in diesem Fall gleichzeitig auch der Eigentümer des gestohlenen Bildes. Nun zieht Herr Holler seine Anzeige zurück und möchte, dass die Polizei ihre Ermittlungen einstellt. Vermute ich das richtig?«

Weber nickte zustimmend. »Ja, darum möchten wir Sie schlussendlich bitten. Bitte, stellen Sie Ihre polizeilichen

Ermittlungen ein. Unsere Versicherungsgesellschaft wird sich danach um alles Weitere kümmern.«

Hurni zögerte nur kurz. »Gut, ich bin damit einverstanden. Aber sagen Sie Herrn Holler bitte, dass ich dafür noch etwas Schriftliches benötige«, meinte er, bevor er aufstand und Weber mit einem »Ich wünsche Ihnen viel Erfolg!« verabschiedete.

Nachdem Weber den Raum verlassen hatte, setzte sich Hurni wieder an seinen Schreibtisch. Ehrlicherweise musste er sich eingestehen, dass er froh war, diesen Fall zu den Akten legen zu können. Ein offener Fall weniger. Sollten sich andere mit dem dreisten Diebstahl herumschlagen, aber insgeheim fuchste es ihn gewaltig, dass ihn »*Die Kandersteg Bande*«, wie er sie mittlerweile nannte, zum zweiten Mal zum Narren hielt!

Am frühen Nachmittag trafen sich alle in Olafs Hotelzimmer. Olaf hatte *Die blauen Tulpen* neben der aktuellen Ausgabe der NZZ, der Neue Zürcher Zeitung, platziert und war gerade dabei, mit seinem Smartphone Aufnahmen zu machen. Er achtete darauf, dass das Datum der Zeitung deutlich sichtbar war. Danach versandte er die gemachten Fotos an die Versicherungsgesellschaft, zu Händen von Weber. Olaf erwartete schon bald eine Antwort. Er sollte damit recht behalten.

Tags darauf betrat Olaf das Versicherungsgebäude. Eine junge Frau begleitete ihn im Aufzug bis in den zehnten Stock. Webers Büro war zwar schlicht, aber modern eingerichtet und bot eine fantastische Sicht auf die Stadt Zürich.

»Bitte, nehmen Sie doch Platz,« Weber bot ihm einen freien Stuhl an. »Möchten Sie vielleicht etwas trinken? Einen Kaffee, einen Tee oder ein Glas Mineralwasser?«

Olaf lehnte dankend ab. »Nein, danke. Wenn es Ihnen recht ist, Herr Weber, möchte ich gleich zur Sache kommen. Ich befinde mich im Besitz *der blauen Tulpen* und ich möchte Ihnen das Kunstwerk gerne zurückgeben.«

»Aber sicher. Was wären Ihre Forderungen?«, fragte ihn Weber. »Und wie stellen Sie sich die geplante Übergabe vor?«

»Nun, die Bezahlung sollte im Gegenwert von Bitcoins erfolgen. Das Bild werde ich Ihnen dann morgen persönlich aushändigen« antwortete ihm Olaf, während er Weber einen Notizzettel mit einer aufgeschriebenen Kontonummer zuschob. Weber nickte kurz. »Ich denke, das dürfte für uns kein Problem darstellen.« antwortete er ihm. »Morgen um ein Uhr, wieder hier im Büro? Wäre Ihnen dieser Termin recht?«

Olaf nickte zustimmend und sah dabei tief in Webers Augen. »Nur eines noch, damit wir uns jetzt richtig verstehen. Mit der Rückgabe *der blauen Tulpen* und der Auszahlung Ihrer Versicherungsprämie erlischt jegliche strafrechtliche Verfolgung gegen mich. Ich möchte später keine bösen Überraschungen erleben.«

Weber antwortete ihm ohne eine Sekunde zu zögern.

»Nun, darüber brauchen Sie sich keinerlei Sorgen zu machen. Selbstverständlich haben Sie unser Ehrenwort als die grösste Schweizer Versicherungsgesellschaft. Für uns ist der Fall mit dem Rückkauf des Bildes abgeschlossen. Wir werden danach keinerlei weitere Nachforschungen anstellen oder Sie bei der Polizei wegen Diebstahls und Erpressung anzeigen. Sehen Sie, für uns ist das ein simpler Deal, Ihr Bild gegen unser Geld. Also, wir treffen uns dann morgen um ein Uhr. Ich wünsche Ihnen noch einen schönen Tag!« Mit diesen Worten verabschiedeten sie sich voneinander.

Am nächsten Tag um eins trafen sie sich zur vereinbarten Übergabe. Diesmal war Weber nicht alleine in seinem Büro. Neben ihm sass ein älterer Herr mit Brille. »Darf ich Ihnen vorstellen, das ist Herr Professor Dr. Bernhard.«

Er wies dabei mit einer flüchtigen Geste auf den Mann, der neben ihm sass. Professor Bernhard hatte schütteres Haar und trug ein dunkles Jackett, das ihm um einige Nummern zu gross war.

»Sie werden bestimmt verstehen, dass wir ohne eine genaue Prüfung das Bild nicht zurückkaufen können, geschweige denn, eine Prämie auszahlen werden. Aus diesem Grund habe ich heute auch Herrn Professor Dr. Bernhard, unseren eidgenössischen Sachverständigen und Kunstexperten, hinzugezogen. Professor Bernard, würden Sie sich bitte das Bild einmal genauer anschauen?«

Bernard erhob sich von seinem Stuhl und beugte sich dann über *Die blauen Tulpen*. Zentimeter um Zentimeter untersuchte er mit einer Lupe die Leinwand. Nach gut fünf Minuten legte er das Vergrösserungsglas zur Seite und blickte die beiden Anwesenden an.

»Das, was Sie uns hier mitgebracht haben, ist eine sehr gute Kopie, aber keinesfalls das Original! Soviel kann ich Ihnen sagen.«

Für einen Moment herrschte absolute Stille im Raum. Dann meldete sich Weber zu Wort. »Tja, unter diesen Umständen werden Sie sicherlich Verständnis dafür zeigen, dass wir Ihnen keine Prämie auszahlen können. Es tut mir leid.«

Olaf verschlug es die Sprache. Er ging nochmal alles in Gedanken durch. Hatte er möglicherweise etwas Wichtiges übersehen? Was war in der Zwischenzeit geschehen? Auf dem Tisch vor ihnen lag das Bild, das sie in der Galerie mit Brunos Hilfe entwendet und nach dem Diebstahl sofort in einem Safe der Privatbank van de Cleff versteckt hatten. Doch dann fiel es ihm wie Schuppen von den Augen. Er erinnerte sich an das, was Klara ihm am Telefon erzählt hatte.

»Herr Weber, bitte, bleiben noch kurz. Ich glaube, ich habe Ihnen etwas sehr Wichtiges zu erzählen.« Zehn Minuten später waren sie sich einig!

Holler empfing Olaf in seinem elegant eingerichteten Büro. Olaf hatte *Die blauen Tulpen* mitgebracht. Vorsichtig schob er das Gemälde über den Tisch. Holler sah es nur flüchtig an und fragte schroff.

»Vielen Dank. Und, was erwarten Sie jetzt von mir?«

»Die Belohnung für die Wiederbeschaffung *der blauen Tulpen*. Nichts anderes.«

Holler warf Olaf einen geringschätzigen Blick zu, dann öffnete er langsam seine Schreibtischschublade und entnahm ihr einen alten Trommelrevolver. Ohne zu zögern, richtete er die Armeewaffe auf Olaf.

»Ich glaube, es ist gesünder für Sie, wenn Sie jetzt verschwinden. Also, raus hier!«

Eingeschüchtert erhob sich Olaf. Mit erhobenen Händen verliess er das Büro, ohne dabei Hollers Revolver aus den Augen zu lassen. Das Bild liess er auf dem Tisch liegen. Als sich die Tür zum Lift schloss, atmete Olaf tief durch. Seine Aufgabe war mit der Übergabe *der blauen Tulpen* erledigt.

Nun musste Hauptmann Hurni nur noch den entscheidenden Tipp erhalten. Er lächelte, so weit lief ja alles gut.

Als sie am nächsten Morgen nach Aruba zurückflogen, sahen alle drei zufrieden aus. Ausser Bruno, in seiner Transportbox, der bekümmert seinem Aufenthalt im *Dogs Palace* nachtrauerte.

Einige Stunden später klingelte in Hurnis Büro das Telefon. »Herr Hauptmann? An der Pforte wurde ein Brief für Sie abgegeben.«

Hurni legte die Akte, in der er gerade geblättert hatte, zur Seite. »Hat man Ihnen gesagt, worum es geht?«

»Nein, der Mann meinte nur, dass ich Ihnen diesen Brief persönlich aushändigen soll.«

»Gut, ich komme sofort zu Ihnen!«

Hurni erhob sich und machte sich auf den Weg zum Eingang. Auf dem Umschlag befand sich kein Absender. Vorsichtig öffnete er den Brief, dann las er den Text.

»Was zum Teufel… ?«, entfuhr es ihm.

Die blauen Tulpen wurden wenige Tage später in Zürich zu dem Rekordpreis von 130 Millionen Schweizer Franken versteigert. Mit dem erzielten Preis waren sie das teuerste Gemälde in Europa.

60 Tage später brachte eine Pudeldame vier gesunde Welpen zur Welt, die aber zum Leidwesen ihres Besitzers keinerlei Ähnlichkeit mit einem Rassepudel aufwiesen.

Nachwort

Aruba Today, einige Monate später.

Der bekannte Schweizer Galerist und Auktionator Holler wurde in Zürich verhaftet und vor ein Gericht gestellt. Die Staatsanwaltschaft und der leitende Ermittler Hauptmann Hurni legen ihm zur Last, dass das kürzlich zu einem Rekordpreis von 130 Millionen Schweizer Franken verkaufte Bild, *Die blauen Tulpen*, eine gutgemachte Fälschung ist. Wie sich herausstellte, befand sich das Original seit Jahrzehnten in Hollers privater Sammlung. Für den Galeristen und Auktionator Holler war es eine Kleinigkeit gewesen, ein gefälschtes Gemälde in den Handel zu bringen und in seinem Namen zu versteigern. Holler ist vollumfänglich geständig; ihm drohen bei einer Verurteilung bis zu drei Jahren Haft. Auf Anfrage unserer Zeitung, wie man ihm auf die Spur gekommen sei, antwortete der leitende Ermittler Hauptmann Hurni: Man habe einen anonymen Tipp erhalten, dem man erfolgreich nachgegangen sei.

Es klingelte an der Haustüre. Olaf stand auf und öffnete die Tür. Vor ihm stand ein Kurierbote.

»Guten Morgen, ich habe hier einen eingeschriebenen Brief für Sie. Er kommt von einer Schweizer Versicherungsgesellschaft.«

Olaf quittierte den Empfang, dann entnahm er den Scheck, den er gleich am nächsten Morgen einlösen würde. Alles war gut.

Definition Raubkunst: Unrechtmäßig in Besitz genommenes Kunstwerk bzw. Gesamtheit von Kunstwerken (besonders während der NS-Zeit aus vorwiegend jüdischem Besitz).

Definition Beutekunst: Im Krieg erbeutete Kunst.

Beides aus: DUDEN – www.duden.de

Baden: Unerwartetes Problem mit der Provenienz

Schlüsselmoment

Heute kommen in New York Werke von Cézanne aus der Langmatt unter den Hammer. Dazu war vorgängig ein Vergleich vonnöten.

Das Auktionshaus Christie's versteigert heute bis zu drei Bilder aus der Sammlung des Museums Langmatt in Baden. Die Leitung der Stiftung, die das Museum betreibt, sah sich zu diesem Schritt, der in der Kunstwelt heftige Proteste auslöste, gezwungen, um den Bestand der Stiftung und des Museums langfristig zu sichern. Dafür hat man mit dem Auktionshaus abgesprochen, dass nur so viele Bilder versteigert werden, bis die Zielsumme von 40 Millionen Franken erreicht ist. Potenziell versteigert werden die Bilder «Quatre pommes et un couteau», «La mer à l'Estaque» und «Fruits et pot de gingembre» des französischen Impressionisten Paul Cézanne.

Eigentlich waren Museum und Auktionshaus davon ausgegangen, dass die Herkunft der Bilder unproblematisch sei. Wie das Museum Langmatt Ende Oktober bekanntgab, tauchten wenige Wochen vor dem Auktionstag Belege für die fragwürdige Vorgeschichte von «Fruits et pot de gingembre» auf. Der jüdische Kunsthändler Jacob Goldschmidt, der das Gemälde 1929 erwarb, hatte es wohl unter dem Druck der Nationalsozialisten verkauft. Die Stiftungsgründer Jenny und Sidney Brown hatten das Bild 1933 für 57 575 Franken von der Luzerner Galerie L'Art Moderne erworben, es befand sich allerdings noch im gemeinsamen Eigentum von Jacob Goldschmidt und der Galerie.

Daraufhin nahm das Museum mit den Erben Jacob Goldschmidts Kontakt auf. Wie einer Broschüre von Christie's zu entnehmen ist, konnte so inzwischen ein Vergleich erzielt werden, über dessen genauen Inhalt Stillschweigen vereinbart wurde. Das fragliche Gemälde wird jedoch auf 35 bis 55 Millionen Dollar geschätzt, womit es an der Auktion die gesamte oder zumindest den Grossteil der Zielsumme einbringen soll. Nach einem regelrechten Kunstkrimi steht dem Verkauf der drei Werke Cézannes nun nichts mehr im

Weg. sim

Aus: Rundschau Süd Nr. 43 vom 5. November 2023

Zwei Munchs wurden am helllichten Tag geraubt

Ort: Munch-Museum, Oslo
Tag des Diebstahls: 22. August 2004
Tag der Rückgabe: 31. August 2006

An einem Sommertag im Jahr 2004 strömten wie immer zahlreiche Besucher in das Munch-Museum in Oslo. Zwei vermummte, bewaffnete Männer überwanden die Sicherheitsvorkehrungen, drangen in das Museum ein und entwendeten vor den Augen der Besucher zwei Meisterwerke des norwegischen expressionistischen Malers Edvard Munch, die zusammen auf 83 Millionen Euro geschätzt werden: „Der Schrei" und „Madonna". Die Diebe flüchteten in einem Fahrzeug, das von einem dritten Komplizen gefahren wurde. Man dachte, die Gemälde seien für immer verloren, doch zwei Jahre später tauchten sie unter bis heute ungeklärten Umständen wieder auf. Auch die Identität der Diebe konnte nicht umfassend geklärt werden. Der Grund für die Wiedererlangung ist, dass sich dermaßen bekannte Meisterwerke der Kunst nur schwer weiterverkaufen lassen.

Zunächst erschienen bei AD France, übersetzt von Antje Korsmeier.

Siehe: www. ad-magazin.de

Weitere Bücher des Autors Kai Olaf Arzinger

»Wälle, Burgen Herrensitze « **(1990)**

***

»Stollen im Fels und Öl fürs Reich « **(1997)**

***

»Der Kandersteg Bluff« **(2023)**

ISBN 978-3-7347-3309 – 3

Wurde wochenlang als Bestseller bei BoD geführt. Als Buch oder auch E-Book im BoD Shop oder überall im Buchhandel erhältlich.

»Niemand hatte geglaubt, dass so etwas geschehen konnte. Aber es geschah, und zwar mit einer unglaublichen Präzision an drei verschiedenen Orten des Landes.«

Auszug aus dem geheimen Bericht des Schweizer Bundesanwaltes

Prolog

Es schneite bereits seit Stunden. Die fünf Wehrmachtslaster kamen nur mühsam voran. Immer wieder fuhr sich einer der mit Kisten beladenen Kraftwagen fest. Bei der Witterung würde die Fahrt bis zur Grenze noch Stunden dauern. Die Wehrmachtssoldaten, die den Tross begleiteten, froren jämmerlich. Aber ihnen war das egal. Alles war besser, als an die Front zurückkehren zu müssen.

Leserstimmen zum Buch.

»Tolles Erstlingswerk.«

»Flüssig geschrieben, gute Dialoge, die Spannung bleibt aufrecht bis zum überraschenden Schluss. «

»Toller Plot mit einem überraschenden Ende.«

»Unheimlich spannend.«

»Das perfekte Verbrechen. Ich freue mich auf eine Fortsetzung.«

»Absolut lesenswert.«

»Super Story!«